丹麦国宝级童书作家

奥勒·伦·基尔克高

OLE LUND KIRKEGAARD

犀牛奥多

[丹麦] 奥勒·伦·基尔克高 著/绘　张同 译

上海译文出版社

奥勒 · 伦 · 基尔克高

(Ole Lund Kirkegaard　1940 – 1979)

作者介绍

奥勒·伦·基尔克高，丹麦最成功的童书作家之一。

1940 年，基尔克高出生在丹麦奥尔胡斯，早年在学堂的教学经历给了他源源不断的创作灵感。基尔克高的作品集现实与想象于一体，用风趣诙谐的语言和歪歪扭扭的手绘插画塑造了一个充满奇思妙想的儿童世界。

1966 年，基尔克高凭借《小威格尔》中的《小威格尔和龙》这一章节赢得丹麦《政治家报》小说竞赛大奖。这个故事风靡丹麦，而小威格尔则被称为“丹麦的长袜子皮皮”。他的其他代表作有《小淘气艾伯特》《青蛙魔王》《魔毯》《犀牛奥多》《橡胶泰山》《街角屋大盗》等等。

1969 年基尔克高被丹麦文化部授予儿童文学奖章。他的创作成为一代代丹麦人必读的童书经典，书中的人物伴随着不同时代的丹麦儿童成长，是家喻户晓的永恒故事。他的大部分著作也被翻拍成电影和戏剧，给观众带来了无尽的欢声笑语和童年回忆。

第一章

有一个男孩名叫托普——至于性别，就不用再说了吧。

他顶着一头红棕色的头发，和铁锈一个颜色，而且又厚又硬。为了让他看起来不那么邋遢，他的妈妈必须要用耙子才能把他的头发梳理整齐。

他的脸上长满了雀斑，一颗门牙朝外翘着。

托普住在港口斜对面的一栋红房子里。

这是一栋古老的大房子——楼梯踩上去吱呀吱呀地响，房子里的门东倒西歪。

冬天的时候，老鼠会在地下室安家，到了夏天，常有乌鸦在烟囱里筑巢。

其余的时间，房子里满是大人、小孩和带条纹的小猫。

咖啡
咖啡

托普很喜欢这栋红色的大房子，每次放学回家，他都会说：“你好呀，房子！今天天气真好，对吧！”

他觉得，房子看起来也非常幸福——甚至和那些墙上没有裂缝的房子一样满足。

在最高层——也就是屋顶下面——住着管理员霍姆先生。

霍姆先生的工作是管理这所大房子，确保人们住得开心。

他总会叼着一根弯曲的小烟斗，还喜欢讲关于鬼怪、女巫和食人族这类千奇百怪的故事，让人脊背发凉。

霍姆先生是一个圆滚滚的矮个子男人，留着白色的胡须，非常讨人喜欢。他不吃人类，只吃普通的食物——比如牛排、炸鲱鱼、啤酒面包，有时也会吃巧克力布丁。

他管那根弯曲的烟斗叫“小烟锅”，只有当他吃东西或者讲鬼故事的时候，才会把它从嘴里拿出来。

“他晚上睡觉时一定也含着烟斗。”托普对维果说。

维果是托普的好朋友。

“不可能，”维果说，“我爸爸说了，人在睡觉的时候不能抽烟，不然烟斗会从床上掉下来的。我的爸爸很博学，他什么都知道。”

“这样呀，”托普说，“有道理。”

但在内心深处，托普认为这件事只有霍姆先生自己知道，所以托普决定在维果和他的爸爸不在场的时候，亲自问问霍姆先生。

维果博学的爸爸是石孜先生。

他在红房子的最底下开了一家咖啡馆，名字叫“蓝猫鱼咖啡馆”，每天晚上，渔夫和水手们都挤在这里吃海员杂烩、抽烟草，喝烧酒。

托普住在红房子的中间。

他和他的妈妈住在一起。妈妈是渔民，在港口另一侧的地窖里卖鱼。她喜欢唱歌，歌声响起时，窗户震得叮当响，鱼吓得直拍尾巴。

托普的爸爸是水手。

他常年在海上航行，一年只回一次家。

托普有时会在学校里和老师还有其他孩子提起他的爸爸。

“我的爸爸，”托普说，“是一名真正的水手。他经常在大海上航行，他还有义齿。”

“义齿是什么？”其他孩子问。

“哦，”老师扶了扶眼镜解释道，“义齿就是能从嘴里取出来的假牙。”

“哇！”其他孩子问，“你爸爸可以把牙从嘴里拿出来吗，托普？”

“当然了，”托普一脸自豪地说，“有一次，海上刮起了风暴。他把他的假牙拿出来看，结果假牙被浪花卷走了。‘扑通’一声，假牙就不见了。”

“天呐，”其他孩子惊叹道，“是‘扑通’一声吗？”

“是的，”托普回答，“一声响亮的‘扑通’声之后，他就没有牙了，以至于之后的很长一段时间，我的爸爸只能吃面糊和稀粥。”

其他孩子都瞪大眼睛看着他。

“不是吧，”有的孩子说，“你的爸爸好惨。”

“可不是嘛，”托普接着说，“那段日子悲惨极了，因为太难过，他还陷入了淘金热。”

“天呐，”老师问，“沉迷于淘金？”

“是的，”托普回答，“而且非常严重，不过现在好多了。但后来他在每个港口都结识一个女人。”

托普的话让老师大跌眼镜。

“好了，”她说，“我们继续写字，下次再听托普讲他爸爸的故事。”

孩子们纷纷转身，埋头看向自己面前的小本子，开始一笔一划地写起字来。

但他们的脑海里满是托普的爸爸——还有他那可以从嘴巴里拿出来的奇怪的牙齿。

他们希望等托普的爸爸下次从海上航行归来时，能亲眼看到他。

在那栋红色的大房子里还住着一位老太太。

她叫弗洛拉太太，她的耳朵上戴着细长的助听器，因为她有严重的耳背。

她家阳台上摆满了一盆盆可爱的鲜花，还有装着漂亮的绿色小鸟的鸟笼。

“鲜花是人们拥有的最美丽的东西。”她对正在下楼的霍姆先生说。

“是，的确如此，”霍姆先生应和道，接着吸了一口烟斗，“世界上没有比鲜花更美妙的了，不过咖啡也不可或缺。”

“您说什么？”弗洛拉太太朝霍姆先生竖起耳朵问。

“咖啡！”霍姆先生大声喊。

“噢，对，咖啡也很棒，”弗洛拉太太说，“您想来杯咖啡吗，霍姆先生？”

霍姆先生点了点头。

“好呀，谢谢，”他说，“这多不好意思。”

“不好意思？”弗洛拉太太冲他笑笑说，“不要不好意思，快进来。”

霍姆先生和弗洛拉太太经常会重复这些关于鲜花和咖啡的对话，霍姆先生似乎很乐在其中。

几乎每天，他都会和弗洛拉太太一起，坐在被美丽的鲜花和漂亮的小鸟包围的露台上，愉快地品尝热咖啡。

“霍姆先生，像您这么好的男人，”弗洛拉太太说，“这么好的男人应该找个好太太，呵呵。”

“是，”霍姆先生说，“我们俩一块过吧。”

“有怪味吗？”弗洛拉太太惊讶地说，接着她闻了闻咖啡壶，“您觉得咖啡有怪味吗？哦，不要担心，我的朋友，这是纯正的爪哇咖啡。”

“呃，”霍姆先生顿时有些尴尬，“好，干杯，弗洛拉太太。”

但他暗自思忖着，有朝一日我要写一封信给她，信里写下：“和我一块过吧，最可爱的弗洛拉太太。”等看到信，这可爱的老家伙就能读懂我的心意了吧。

看，这就是港口边的这栋红房子，还有住在里面的居民。

现在就让我们来听一件发生在这里的怪事吧。

第二章

托普是一个收集爱好者。

他喜欢收集一切物件。收集得最多的还是一些小东西，他习惯把它们装进口袋里，也会送给好朋友们。

在冬天很难找到可以收集的东西，而夏天却是收集的好时节。

到了夏天，托普常能捡到小鸟幼雏、啤酒盖还有白色的小圆石。

他捡到过蓝色翅膀的甲虫，还有蠕动着柔软身体的绿色幼虫——而且，他还发现了一辆生锈了的三轮婴儿车。

婴儿车是托普在那个夏天的最大发现。

他和维果给它起名叫做“怪物”，他俩轮流推着车送对方上下学。

但有一天，就在托普推着坐在婴儿车里的维果走在路上时，托普看到了他的女朋友——他尴尬极了。

他的女朋友叫赛丽，长得十分俊俏。

“嗨，赛丽，”托普挥舞着双手高声打招呼道，“你看到‘怪物’了吗？”

“什么‘怪物’？”赛丽骑着黄色的小自行车问。

“就是我们的婴儿车。”托普说着用大拇指指了指身后。

“你疯了吧，”赛丽骑车扬长而去，“我才没看到什么‘怪物’婴儿车。”

“好吧，”托普一脸沮丧，“原来没看到呀。”

他转过头打算推“怪物”，可“怪物”已经不见了踪影。

真奇怪，托普想着环顾四周，也许它自己载着维果去学校了。

于是他继续向前走，没走多远就听到了从身后的篱笆里传来的愤怒的吼叫声。

“什么？”那个愤怒的声音大喊，“我的花坛中央为什么会出现一辆婴儿车？真是见鬼，怎么里面还坐着一个大男孩？”

“呃……”维果吞吞吐吐的声音也从篱笆后的花坛中央传来。

“你到底是怎么进到我的花坛里来的？”愤怒的声音咆哮道。

“呃……”维果嘀咕道，“我的车冲破篱笆，开进了这里。”

“哼，这是我经历过的最离奇的事了！”愤怒的声音大喊，“我告诉你，这里不是游乐场！”

“不是，”维果喃喃自语道，“幸好不是。”

“这里，”愤怒的声音继续大叫道，“是一个漂亮整洁的花园。”

“是，”维果说，“我也想和来时一样快速冲出去。”

“快速？”那个声音喊道，“你说快速？你也是这么来的是吧，我亲爱的朋友。”

真奇怪，托普想，他现在居然管维果叫亲爱的朋友，可他怎么可以赶亲爱的朋友出门呢……

托普还没来得及仔细思考好朋友的事，就看到维果从篱笆里飞奔出来——“怪物”紧随其后。

“嗷！”维果惨叫道。

“摔疼了吗？”托普问，然后帮维果拍了拍膝盖上的尘土。

“嗷！”维果痛得直叫唤，“你为什么不抓紧婴儿车呢？”

托普不好意思地抓了抓铁锈色的头发。

“呃，”他说，“你也看到了，赛丽她——刚才路过，我想和她打招呼来着。”

“唉，”维果从裤子后面拔出来几根灌木的长刺，“果然恋爱中的人智商为零。以后我来推‘怪物’。”

“好的，”托普回答，“可以。”

托普对这个结果很满意。

他对自己说，恋爱其实并没有那么糟糕。

“你知道吗，维果？”托普建议道，“你也应该找个女朋友。”

“呸——”维果做出一副想要呕吐的样子，“你疯了吗？”

“是，”托普说，“也许吧。”

然后他便高高兴兴地斜躺进“怪物”婴儿车里，接着发出一些奇怪的尖叫声。

“你在干吗？”维果错愕地停下婴儿车。

“吹口哨，”托普笑得前仰后合，“我在吹口哨，我亲爱的朋友。”

第三章

是的。

“怪物”婴儿车是一个非常棒的发现。

无论如何，托普是这样认为的。

他对维果更愿意推“怪物”这件事也完全没有意见。每天，托普都悠闲地坐在婴儿车里吹着口哨。

有时，他会非常幸运地看到女朋友赛丽骑着她的黄色小自行车疾驰而过，他便开心地向她挥手。

就这样，暑假来了。

老师锁上学校的大门，在门前立起了标牌。

上面写着这样的标语。

“好吧，”托普一边说，一边拨弄着他那铁锈色的厚重的头发，“真没劲。”

“没有呀，”维果看起来很惊喜，“我们太幸运了。”

于是，他们便慢悠悠地回家过暑假了。

不过，几天之后，托普就找到了比婴儿车更好玩的东西。

一支铅笔。

一天清晨，托普起了个大早。他跟着妈妈去她唱歌卖鱼的地窖时，在海港边捡到了一支铅笔。

是那种木匠们用来在木头上画画的铅笔——不过只剩下一小截了。

“哇，太棒了！”托普感叹着把铅笔塞进口袋里，“我也太幸运了吧，我一直想要一支这样的铅笔。”

他继续向前走，一只手深深地插进装着新铅笔的口袋里。

当他走到鱼市后面那堵长长的白墙时，他停下了脚步。

他思考片刻，接着环顾了一下四周。

这样的铅笔一定很好用，要不我在这面墙上写点儿什么吧，他想。

他努力想了想，可以在墙上写点儿什么优美的句子。

于是他写下：

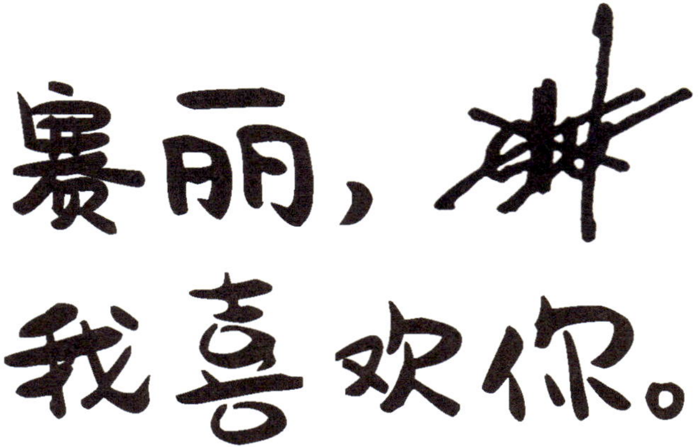

“哇，”他喃喃自语道，“真好看呀，要是赛丽现在正好从这里经过该多好。”

就在这时，他听到路上传来细碎的声响。

是自行车在碎石子上飞驰而过的声音。

托普清晰地看到一辆黄色的小自行车飞快地朝自己驶来。

天呐！他倒吸一口气。

是她，真的是她！

赛丽拐了个弯，停下车，背对着托普写字的那面墙。

“嗨，”赛丽一边刹车一边喊，碎石子朝各个地方飞溅，“嗨，托普。你在写什么？”

“呃，”不知所措的托普又倒吸一口气，“没什么特别的，赛丽，就写了几个字母而已。”

“托普，”赛丽说着便把她黄色的小自行车停在墙边，“你知道我心里想的是什么吗？”

“不，”托普吞吞吐吐地说，“我不知道。”

“我想，一定是什么开玩笑的话对不对？”赛丽说，“你的脸都红了。”

“你说我吗？”托普惊讶地问，然后试图让自己的脸显得苍白一些。

“是的，”赛丽说，“我想看你写了什么。即使是开玩笑的话也没关系。”

“好吧，”托普小声嘀咕道，接着又吸了口气，“我……呃……写得不太好，赛丽，甚至有点儿丑。”

“是吗？”赛丽问，随后朝他走近一步。

“很丑，”托普挥舞着手臂喊道，“我写得很丑，会看吐的，还可能会伤害眼睛。”

“没关系，”赛丽说，“让我看看吧。”

于是她便把托普从墙边推开。

现在，托普深吸一口气，他想，现在她看到了，也许会生我的气。

不过，只要她不气哭就好了。

赛丽看向墙面。

“托普，”她说，“你疯了吧。”

“是，”托普嘀咕道，“我知道，不过我自认为还是很好看的。”

“什么很好看？”赛丽问。

“我是说写在墙上的字。”托普说着用大拇指指了指身后。

“可是，托普，”赛丽忍着笑说，“墙上什么也没有呀。”

托普慢慢地转过头看向墙面——所有的字母都消失了！

那些他写给赛丽的话，都消失得无影无踪。

只剩下白色的墙，以及赛丽小小的蓝色影子。

“你一定在耍我，”赛丽说，“我还以为你写了什么关于我和你的坏话呢。”

于是她跳上自行车，身体朝车把前倾，飞快地向港口驶去。

托普呆呆地站在初升的太阳下，目送她，直到她全速消失在几座涂了黑色柏油的木屋后面。

真离谱，他握着这支短小的铅笔想，简直太奇怪了。是这支铅笔的缘故吗？我再写点儿其他东西试试。

于是这次他写下：

赛丽是个
时尚精。

因为她的确是，托普心想。

“叮铃，叮铃。”这时，自行车的声音再次传来。

托普还没来得及环顾四周，赛丽已经从他身边经过。

他只看到赛丽骑着黄色的小自行车远去的背影，两根小辫子在风中飘扬。

当他转身回头去看他在白墙上写下的关于赛丽的文字时，他渐渐僵住了。

墙上什么也没有。

连一个字母都不剩。

洁白的墙上洒落着阳光，空气中混杂着青草、沥青还有新刷过的渔船散发的油漆味。

“这支铅笔，”托普说着把铅笔举在眼前，“是我见过的最神奇的铅笔。我要给维果看看。”

于是托普飞奔过小城，去找他的好朋友维果。

第四章

维果正站在蓝猫鱼咖啡馆的门前给婴儿车粉刷红色的油漆。

“快看！”托普远远地看到维果便迫不及待地伸长胳膊冲他喊，“看我找到了什么！”

维果吓了一跳，一大团红色涂料掉到了裤子上。

“看，”气喘吁吁的托普把铅笔举到维果鼻尖的位置，“你见过这样的铅笔吗，维果？”

“哎呀，”维果手忙脚乱地擦掉裤子上的涂料，“我妈妈会生气的。”

“不，她不会生气，”托普紧紧握住铅笔说，“不会让她知道关于这支神奇铅笔的事。”

“是，”维果说，“但她会发现我裤子上的污点。”

“该死的油漆，”托普接着说，“我们把你的裤子完全染成红色不就好了，涂料是足够的。”

“这样会让她更加生气的。”维果嘟囔道。

“好吧，”托普说，“她也许不太喜欢彩色，这也是没办法的事。不过，你看到我手里拿的是什么了吗，维果？”

“哦，愚蠢的铅笔，”维果埋怨道，“你举着一支铅笔四处乱跑，搞得大家人心惶惶的。”

于是，他继续埋头粉刷婴儿车。

“哎呀，我的好维果，”托普说，“这可不是一支普普通通的铅笔。”

“所有的铅笔都很普通，”维果反驳道，“是我爸爸说的，他说过：‘世界上所有的铅笔都一样。’”

“吼，吼，”托普笑了一声说，“这样看来，他一点儿也不博学。你知道这是一支什么样的铅笔吗，维果？这可是一支被施了魔法的铅笔。”

“胡说！”维果说。

“一旦用它写字，”托普继续说道，“写下的字就会立刻消失。”

“当然，”维果不屑地说，“如果用橡皮擦的话。”

“不，”托普兴奋地说，“不，维果，不用橡皮，也不用其他工具。”

维果一不小心又弄掉了一块涂料。

“不用橡皮擦就会消失？”他一脸疑惑地看着托普，“我要把这件事告诉爸爸。”

“不要，嘿，不行。”托普说着抓住了维果的衣领。

“除了你和我，其他人不能知道关于这支铅笔的事。”

“可我之前从来都没听说过这样的铅笔，”维果说，“你确定用它写下的字会自动消失？”

“当然，”托普说，“我已经试过了，写下的所有字都不见了。跟我走，去我家试试。”

于是他和维果一起回到了家。

他们在楼梯上遇到了管理这栋房子的霍姆先生，他正要下楼。

“你们好，孩子们，”霍姆先生冲他们打招呼，“想不想听一个好玩的鬼故事呀？”

“不了。”两个男孩回答，接着飞奔回家。

“什么？”霍姆先生惊讶地说，“可你们以前不是很喜欢听故事的吗？”

“今天不行，”托普喊道，“我们要写字！”

“天呐，”霍姆先生感慨道，“写字，我没听错吧。也是，也是，现在的孩子越来越捉摸不透了。在我小的时候，只有老师站在身边揪耳朵的时候，我们才会写字。”

“是，也许是这样！”男孩们回应道，接着便跑进了托普家。

托普家客厅的屋顶和墙上摆放着许多特别的小挂件。都是他的爸爸从海上带回家的。

有鳄鱼标本，有看上去像灰色的食品包装纸、落满灰尘的蛇皮，有弯曲的军刀，有椰子壳，还有用木头雕刻的小人。

维果紧张地眯起眼睛看向鳄鱼。

“我们在哪儿写呢？”他问。

“来，让我们看看，”托普说，“在墙纸上写怎么样？”

“墙纸？”维果看起来更加紧张，“你妈妈会生气的。”

“没事，”托普说，“我妈妈从来不会发火，况且这些字写下就会立刻消失。”

“希望如此，”维果说，“我们写点儿什么好呢？”

“我们还是不要写字了吧。”托普说。

“什么？”维果不解地问，“你刚才不是说我们要在墙纸上写字吗？”

“没错，”托普说，“但我现在改变了主意，我们不写字——我们画画吧。我们在这里画一只巨大的犀牛怎么样？”

他说着便开始在墙上画犀牛。

“这样不太好吧，”维果吞吞吐吐地说，“万一画的画擦不掉呢。”

“噢，放心好了，”托普说，“真的没关系，我很擅长画犀牛，我猜妈妈会喜欢我的大作。”

他继续画。维果不得不承认，托普画的犀牛的确活灵活现。

“好了，”托普画完时说，“我们先去厨房喝几口苏打水，等我们回来，你就会看到奇迹的发生，维果。”

他们走进厨房，找出苏打水和黑麦面包。但他们刚喝了一口，就听到客厅里传来了奇怪的声响。

“你听，”维果小声说，“有声音。”

“去看看是什么。”托普的嘴里塞满了黑麦面包。

“可能是什么危险的家伙，”维果说，“我不敢。”

但他还是小心翼翼地透过门缝向客厅看去，接着便连忙重重摔上了门。

“托普，”他压低嗓音说，“墙上的画还在。”

“好吧。”托普说着又喝了一大口苏打水。

“我们再等一会儿就好了。”

“可是，托普，”维果小声说，“有些不对劲。”

“哪里不对劲儿？”托普问。

“它……它会眨眼睛。”维果低声说。

“什么？”托普大叫，“会眨眼睛？让我看看。”

托普从厨房的桌子上一跃而下，接着打开了屋门。

“哇！”他惊讶地喊道，“你说的是真的！维果，它在眨眼睛！天呐，我从来没见过画里的犀牛会眨眼，太神奇了！”

“但愿这不是真的。”维果回应他说。

就在这时，墙上的犀牛发出一声长啸，随后又晃了晃脑袋。

“救命啊！”维果吓了一跳，不由自主地大叫起来。

“嘘，小点儿声，”托普说，“你这么大的嗓门会吓着它的。你好呀，犀牛！”

“吼——轰——”犀牛发出了沉闷的哼鼻声。

接着，犀牛居然从墙上走出来，站在了地板上！

维果惊慌失措地摔上了门。

“我……我们现在应该怎么办呢？”他压低嗓音问。

“当然是仔细看看它喽！”托普说着再次打开了屋门。

这时，犀牛已经走到了窗户边，正在啃食窗帘。

这真是一头又漂亮又矫健的大犀牛呀，它的身体是黄色的，和墙纸的颜色一模一样。

“哦！”托普恍然大悟，应该是犀牛的肚子饿了，给它一块黑麦面包吃吧。

他一边想着，一边拿起一大块黑麦面包，小心翼翼地靠近黄犀牛。

犀牛慢悠悠地转过头，向托普投来友好的目光，接着悄无声息地从他的手里接过面包。

“吼——咕——轰——”犀牛大口大口地咀嚼着。

“哇！”托普大声喊，“它吃完了！再多拿点儿面包过来，还要一瓶苏打水。”

“嗯……”维果嘟囔道，“我……我不敢。”

“维果，”托普对他说，“你难道忍心看着我们的犀牛饿肚子吗？”

“哦，不，不是……”维果说着取来了黑麦面包和苏打水。

一眨眼的工夫，犀牛就吃掉了厨房里所有的黑麦面包。它轻声哼哼着，开始啃摆放在地上的盆栽。

“天呐，”托普感叹道，“它吃得也太多了吧！对了，我们应该叫它什么名字呢，维果？”

“嗯……”维果一副若有所思的样子。

“你来做决定吧，维果。”托普说。

“嗯……”维果再次陷入沉思。

“你的爸爸叫什么来着？”托普问。

“他叫奥多。”维果回答。

“奥多，”托普大声喊着，拍了拍犀牛的屁股说，“你就叫奥多好了，我的朋友。”

“吼——”犀牛叫道。

接着，它又开始啃扶手椅的表皮。

“我们得再找些吃的来，”托普说，“我先去向妈妈要点儿零花钱，然后买更多的黑麦面包回来。”

“嗯……”维果不知所措地摆弄着门把手说，“托普，要不然让我去吧？我不敢留下来单独和奥多待在一起。”

“好呀，”托普说，“当然可以，不过最好快点儿，不然它就要吃掉所有的家具了。”

维果二话没说，一溜烟儿跑下楼梯，差点儿就要摔下去，弄断胳膊和腿了。

在跑到楼梯口时，他正好和爸爸撞了个满怀。

“怎么？”石孜先生好奇地问维果，“跑这么急干吗，儿子？”

“我要去给犀牛买面包！”维果喊着，一瞬间就没影儿了。

“给犀牛买面包？”石孜先生费解地嘟囔着，“谁知道这两个小鬼又在搞什么名堂，我最好还是看着点儿他们。”

第五章

维果一路狂奔，冲进了托普妈妈卖鱼的地窖。他的速度实在太快，把一位太太和一筐鱼都给撞翻了。

那位太太摔倒在地窖的角落里，痛得直叫唤。

“现在的孩子越来越着急忙慌，”她呻吟着站了起来，“我小的时候，孩子们可要比现在乖巧多了。”

“是，”维果应和道，“我想要钱买十个黑麦面包。”

托普的妈妈突然大笑起来。

“你们俩一定饿坏了吧。”她说。

“呃，”维果说，“其实不是我们俩吃，是给奥多的。”

“是吗？”托普的妈妈问，“奥多是你们的新朋友吗？”

“不是，”维果说，“奥多是犀牛。”

“噢，是吗？”托普的妈妈说，“这样看来十个黑麦面包一点儿也不多。奥多是哪来的呢？”

“是托普画的，”维果说，“它现在正在吃家具。”

“天呐，”被撞倒的那位太太感慨道，“天呐，现在的小孩说谎都不眨眼。”随后便怒气冲冲地离开了。

“哎，奇怪，怎么突然就发火了呢，”托普的妈妈笑着说道，她的大胸脯在蓝色的裙子里上下摆动，“你们给奥多买点儿吃的吧，不过要看好它，不要出什么乱子。”

“好呀，只要我们能控制住它。”维果说着便冲出去买黑麦面包了。

但作为一个小男孩，要买到十个黑麦面包可不是一件容易的事。

维果先去一家小面包房买黑麦面包。

他走进门，看到壮硕的面包房老板的太太正站在柜台后清洗指甲。

“要十个黑麦面包！”维果喊。

面包房老板的太太用围裙擦了擦手指，眯起眼睛，看着维果。

“你刚才说十个黑麦面包？”她闪烁的小眼睛里写满了疑惑。

“没错！”维果喊，他刚才跑得太快，脸蛋通红，“十个黑麦面包。”

“你快走吧，”面包房老板的太太不耐烦地说，“开什么玩笑。”

“可是，”维果难过地说，“我真的想要十个黑麦面包。”

面包房老板的太太慢慢转身打开门，与此同时目不转睛地盯着维果。

“福尔姆，”她朝着打开的门大喊，“出来一下，听到了吗，福尔姆？”

福尔姆是面包房老板。他是一个瘦瘦干干的矮个子男人，个头只到他太太的腰。

“怎么了？”他生气地问。

“这个男孩皮痒痒，”面包房老板的太太用手指向旁边的维果，“他要我。”

“他居然敢耍你，阿曼达？”面包房老板抬头看向高大的太太。

“是的，”他的太太说，“他冲进来，喊着要十个黑麦面包。但据我所知，没有一个人能吃得下十个黑麦面包。”

“是，你说得对，阿曼达，”面包房老板说，“我开店这么久，从来没有听说过要买这么多黑麦面包的人。”

“能告诉我，到底是谁需要这么多面包吗？”面包房老板的太太问。

“奥多。”维果回答。

“奥多，”面包房老板的太太恼怒地说，“谁都可以这么说。那么奥多到底是谁？”

面粉

“是我们的犀牛。”维果小心翼翼地答道。

“犀牛，”面包房老板的太太大声说，“你看见了吗？我从来没见过小孩可以撒这么离谱的谎。”

她说话时像鲸鱼一样喷着口水。

“你不仅撒谎，还取笑我和福尔姆这样的老实人，”她咬牙切齿地说，“还不快做点儿什么，福尔姆，你可是一家之主呀。”

“出去，”面包房老板嘀咕道，接着长出一口气说，“从这里出去，不然我报警了。”

最后的字眼维果完全没听到，因为他已经出发去下一家面包房了。

费了很大的力气，维果终于买到了四个黑麦面包。

精疲力尽的他闷闷不乐地拖着沉重的黑麦面包回到了红房子里。

他的爸爸此时正站在蓝猫鱼咖啡馆的窗帘后面盯着他看。

他来回抚摸着长长的下巴上突起的胡茬，心想，这两个小毛孩一定在搞什么鬼，我必须看紧他们。

他趴在门上听维果吃力爬楼的声音。

“嗬，嗬，”他喃喃地说，“看来是在楼上。对，对，不能让他们的鬼点子得逞——我得加把劲儿。”

但维果丝毫没有察觉他的爸爸正在观察他的动向。

他一门心思只顾着爬楼梯。

这时，他遇到了正在和弗洛拉太太交谈的霍姆先生。

“您知道吗，霍姆先生，”弗洛拉太太说，“不觉得奇怪吗？过去几个小时，天花板的石灰不住地往下掉，而且您知道吗，我的吊灯一直在摇晃。难道楼上有一头大象走来走去吗？”

她朝头顶指了指。

霍姆先生冲拖着四个黑麦面包的维果笑了笑。

“你说，”霍姆先生说，“你们两个捣蛋鬼在楼上养大象了吗？”

维果无力地摇了摇头。

“不，”他长叹一口气说，“是犀牛。”

霍姆先生看向弗洛拉太太。

“楼上没有大象，”他冲耳背的弗洛拉太太大喊道，“只是一只犀牛。”

“哦，原来如此，”弗洛拉太太说，“这孩子居然能吃下这么多黑麦面包。”

“不，”维果说，“这是给奥多的。”

“噢，”弗洛拉太太说，“原来你叫奥多呀，我知道了。我一定是老了，还一直以为你叫维果呢。”

话音刚落，弗洛拉太太的吊灯就从天花板上掉了下来。

“这样，”霍姆先生提议道，“我上去看看这只犀牛。”

于是他便跟着维果上楼了。

第六章

托普家里一片混乱。

奥多，那只黄色的大家伙，已经吞掉了两把椅子、所有的窗帘、两块桌布，还有一只鹦鹉玩偶。

它现在已经开始啃地毯了。

霍姆先生站在门口，取出了嘴里的烟斗。

“天呐，”当他看到奥多时，他惊讶地喊道，“你们两个小家伙是怎么把这样的庞然大物弄上来的？”

“他是自己出现的！”托普大笑道。

他从精疲力尽的维果手里接过面包，开始把它们往奥多嘴里塞。

“吼——”奥多发出愉快的吼叫声，接着便大口大口地咀嚼起

黑麦面包。

与此同时，疲惫的维果已经瘫倒在失去了坐垫的扶手椅上，夹在几根弹簧之间睡着了。

霍姆先生走近这只黄色的犀牛。

“真漂亮，”他说着拍了拍奥多的后背，“我从来都没见过比它更俊俏的犀牛。”

“是吧？”托普骄傲地说。

“可是，”霍姆先生说，“你们不能把它留在这里。再这样下去，可爱的弗洛拉老太太家的天花板都要掉下来了。”

“恐怕我们没有其他选择，”托普说，“它太宽了，没法从门里出去。”

霍姆先生挠了挠头发。

“可最主要的是，”霍姆先生说，“这栋房子里不允许养动物。”

“只要我们守住这个秘密，”托普说，“就没有其他人会知道了。”

“可是，”霍姆先生说，“它一跺脚，整栋房子的人都能听到响动。”

“这是因为它还饿着肚子，”托普说，“犀牛饿肚子时就会跺脚。它们饿得越厉害，脚跺得就越凶。”

“哦，原来如此，”霍姆先生继续道，“我以前不知道这些。那我们得快点儿找些吃的。你们觉得一车干草和一车甜菜够今天

吃吗？”

“够，”托普回答，“再来点儿黑麦面包。”

“我这就打电话预订一车干草。”霍姆先生急匆匆地冲出大门，离开前还忧心忡忡地看了一眼庞然大物脚下咯吱咯吱响的地板。

霍姆先生离开后，托普打开窗户，他看见红房子楼下，赛丽正好骑着黄色的小自行车路过。

“嗨，赛丽！”托普大声喊。

“嗨，托普，”赛丽问，“你们又找到了什么好玩的？”

“没什么特别的，”托普说，“不过，上来见见奥多吧。”

赛丽停下了车。

“谁是奥多？”她好奇地问。

“奥多是犀牛！”托普大喊。

“你疯了吧，”赛丽摇了摇头说，“太疯狂了，托普。”

“是，”托普说，“但奥多是一只真真正正的犀牛，而且是黄色的。”

赛丽笑了。

“呃，”她再次摇了摇头说，“世界上没有黄色的犀牛。”

“如果你在这里等一会儿，赛丽，”托普说，“我可以叫它到窗前来。”

“好的，”赛丽说，“我在这里等它。”

托普试图把奥多拖到窗前。

他用尽全力，但奥多还是纹丝不动。

他在书架上找到了几本书，显然，书是奥多喜欢的食物，它高兴地啃了起来，同时发出了一阵又一阵欢快的吼叫声。

接着，托普开始拉它的尾巴，但也无济于事。

“吼——吼——”奥多叫了两声，接着继续啃书本。

“不行！”托普把脑袋伸出窗户喊道，“它不愿意过来！它正在吃书！”

“天呐，你太疯狂了！”赛丽说，“一只黄色的犀牛，还在吃书？开什么玩笑！”

“是，听起来的确有些不同寻常。”托普说。

“托普，”赛丽一边喊一边跳上自行车，“你是我见过的最疯狂的男孩。”

接着她就飞速消失在了街角。

托普长叹一口气。

“有女朋友可真不是一件容易的事呀。”他说。

“女朋友，”维果猛地惊醒，“什么女朋友？”

“噢，”托普回答，“是赛丽。”

“呕——”维果干呕一声又睡了过去。

楼下打电话的霍姆先生遇到了很大的困难。

他给住在城外的农夫凯尔打通了电话。

“你好，”霍姆先生问，“我能预订一车干草吗？”

“好，好，”农夫说，“我应该送到哪里去呢？”

“送到港口边的红房子里，”霍姆先生回答，“从三楼的窗户扔进来就好。”

“你说什么？”农夫凯尔说，“你想让我把一车干草扔进三楼的窗户里？”

“是的，谢谢。”霍姆先生说。

“太奇怪了，”农夫不解地问，“你们住在房子里想用干草做什么？”

“是，”霍姆先生吞吞吐吐地解释道，“我们……呃……有一只动物要喂。”

“什么动物？”农夫疑惑地问。

“是……”霍姆先生答道，“……是一只犀牛。”

“哈哈，”农夫喊道，“我就知道，你们这些城里人都是疯子。但我没想到还可以这么疯狂。给住在三楼的犀牛喂干草——对，真不错。”

“那么能卖一车干草给我们吗？”霍姆先生问。

“当然可以，”农夫笑了一声说，“但你们要自己来取给犀牛吃的干草。我才不愿意到城里被一群神经兮兮的疯子取笑。”

接着他便挂了电话。

霍姆先生回到孩子们那里。

“我们得自己去取干草，”他说，“给犀牛吃的干草需要自己去取。”

“我们还要买些黑麦面包回来，”托普说，“奥多实在是太饿了。”

“吼——吼——”奥多发出两声长啸。

“好，”霍姆先生说，“我用自行车拉一车干草回来，你们推着婴儿车去买黑麦面包。”

就在这时，门铃响了。

托普看向霍姆先生，霍姆先生也看向托普。

“可能是警察，”霍姆先生小声说，“我们得把奥多藏起来。”

“藏到哪里？”托普也压低嗓门。

“藏到地毯下面，”霍姆先生说，“我们把剩下的半截地毯盖到它的身上。”

门铃又响了。

“快，”霍姆先生低声说道，“那边的地毯。”

在奥多被包在地毯下以后，托普小心翼翼地打开了门。

门外站着弗洛拉太太，她的脸上写满了疑惑。

“霍姆先生，”她说，“您知道吗？我家所有的灯都从天花板上掉了下来。”

霍姆先生取下盖在奥多身上的地毯，弗洛拉太太好奇地打量着眼前的这个庞然大物。

“噢，”她双手合十说，“原来是一只犀牛，这下我懂了。在房子里看到犀牛真是件新奇的事。我之前从来都没见过这样的场景。”

“的确没有，”霍姆先生说，“这是我们第一次在房子里养犀牛。”

“什么？”弗洛拉太太说，“您是说咖啡吗？我现在就下楼给您还有孩子们煮一壶美味的热咖啡。”

接着，这位老太太便匆匆忙忙地跑下楼煮咖啡。

“在我们喝咖啡之前，”霍姆先生说，“我们要先去买到干草和黑麦面包。出发。”

托普叫醒了沉睡中的维果。

“维果！”他喊，“我们要出去买黑麦面包。”

“不要，”维果可怜巴巴地说，“我讨厌买黑麦面包。”

但托普还是抓住他的胳膊，拽着他和霍姆先生一起跑下楼梯，冲出了红房子。

在蓝猫鱼咖啡馆，维果的爸爸正站在门口听楼道的动静。

“什么？”他自言自语道，“现在霍姆先生也像孩子一样和这两个小毛孩一起跑来跑去。这栋井井有条的房子里一定有什么不该出现的东西。”

于是他小心翼翼地推开门，向四周望了望。

接着他便像一只年迈的耗子一样，蹑手蹑脚地溜进去，爬上

托普
老鼠洞

吱呀作响的楼梯，一直走到托普家门前，把耳朵贴在门上。

此时，饥肠辘辘的奥多正在房子里等待着食物的到来。

“奇怪，”维果的爸爸嘟囔道，“简直太奇怪了。”

他又仔细听了一会儿。

“里面有奇怪的声音，”他自言自语道，“好像一头猪在里面走来走去。”

他又贴上去听。

“不对，”他心想，“猪不会发出‘吼’这样轰隆轰隆的声响，它们通常会‘哼哼’地叫。到底是什么呢？”

他再一次环顾四周。

接着他弯下腰，透过钥匙孔朝里面看。

“啊哈，”他咕哝道，“原来他们在里面藏了一只犀牛。太诡异了，而且是一只黄色的犀牛。”

他飞奔下楼梯。

“你知道吗？”他对妻子说，“你能想象，霍姆先生和孩子们在楼上藏了一只黄色的犀牛吗？”

“不可能，”维果的妈妈说，“在这栋整洁的楼里出现犀牛也太可怕了。”

“是的，”石孜先生大喊，“我现在就去把它弄走！”

第七章

但石孜先生很快就发现，要把这只住在三楼的黄色犀牛弄走可不是一件简单的事。

他先给动物园园长打通了电话。

“哈喽！”石孜先生说。

“哈喽！”动物园园长回应道。

“哈喽，哈喽！”石孜先生重复道，同时他的大脑飞速运转，思考如何向园长解释犀牛的事。

“请讲，”园长有些不耐烦地说，“难道您只是想和我打招呼吗？”

“哦，没有，不是。”石孜先生慌张地说。

“我也希望不是这样，”园长说，“我非常忙，有很多事情要处理。您应该也知道，园长总是很忙碌。我不能把时间浪费在打招呼上。”

“不会，非常理解，”石孜先生说，“我打电话是想把一只犀牛卖给您。”

“啊哈，”园长说，可以感觉他的语调温和了许多，“您打电话是想卖犀牛给我？好，这就完全是另一回事了。是什么样的犀牛呢？来自非洲还是苏门答腊？”

“我也不知道，”石孜先生答道，“是黄色的。”

园长惊讶地咳嗽了起来。

“好吧，”他说，“黄色的犀牛，太新奇了，非常独特。您叫什么名字，先生？”

“石孜。”石孜先生回答。

园长又剧烈地咳嗽起来。他的咳嗽持续得太久，以至于电话那头的石孜先生变得异常紧张，他觉得动物园园长一定得了什么重病。

“您的意思是说，”最后园长清了清嗓子说，“您是想卖犀牛的狮子[1]？”

“嗯，”石孜先生不解地嘟囔了一声，对着电话说，“可以这么讲。”

1　石孜先生原文为 Løwe，意为“狮子”。

“不，我从没听说过这么离谱的事，”园长喊道，“动物们现在都开始相互售卖了吗？不，我很难相信您的这番言论。我猜您一定是个很有幽默感的人，想打电话找点儿乐子。但您知道吗？这位朋友，我们园长是没空开玩笑的。我得挂电话了。”

“可是，园长先生，”石孜先生说，“我并不是一个有幽默感的人。”

“噢，”园长说，“那您一定是疯了，这样更糟。再见。”

接着，园长就咣的一声挂了电话。

“他不愿意买犀牛。”石孜先生愤怒地对身边的妻子说。

“那么打给警察，”维果的妈妈说，“他们应该会做点儿什么。警察总归会做点儿什么。”

石孜先生拨通了警察局的电话。

“哈喽，”他说，“我们应该怎么做呢？”

“哈喽，”电话那头的警察说，“对我来讲，您可以做您想做的任何事情，只要遵纪守法就行。”

“可是，”石孜先生说，“有一只犀牛，我们不知道怎么处置，但我们不想把它留在房子里。”

“您现在在哪里？”警察问。

“在蓝猫鱼咖啡馆。”石孜先生回答。

“啊哈，这样呀，您坐在咖啡馆里，”警察笑着说，“您坐在咖啡馆里讲关于犀牛的事。我知道您应该怎么做了。”

“哦，”石孜先生开心地说，“您觉得我应该怎么做呢？”

“我觉得，”警察说，“您应该放下手里的烧酒杯。人一旦喝醉了，像您现在这样，就会看到犀牛和大象。”

“可是，”石孜先生失落极了，“我完全没有喝酒，我只是想摆脱犀牛。”

“听着，”警察生气地说，“您要是继续拿这些关于犀牛的胡言乱语来戏弄警察，我们就过来把您带走。您想在监狱里待几天吗？”

“哦，不是。”石孜先生连忙答道。

“好，”警察说，“您睡吧，等明天醒来，您就会忘记这件犀牛的事。晚安。”

石孜先生拿着听筒愣了许久。

然后他便慢慢放下话筒。

“我感觉我真的要去睡觉了，”他嘟囔道，“不然他们会来把我带走的。”

第八章

就在石孜先生——维果博学的爸爸——试图摆脱不属于他的犀牛，却遇到重重困难时，孩子们正忙着买黑麦面包。

他们走到暴脾气的面包房老板的太太的店门前，托普说：“我们就在这里买十个黑麦面包好了，维果。”

“哦，不要，”维果拒绝道，“我们会被赶出来的。他们完全不想把黑麦面包卖给小孩。”

“他们不卖黑麦面包吗？”托普问，“这家店可真奇怪。”

他站在原地思考了片刻。

“有了，”他说，“他们一定喜欢听反话。”

他推开面包房的门走了进去，而维果却藏在了门后。

“你好，”面包房老板的太太说，“你想要什么？”

“什么都不要。”托普回答。

“你说什么？”面包房老板的太太问，“你是在耍我吗？”

“没有，”托普笑着说，“我不是来买东西的。”

“什么？”面包房老板的太太咆哮道，“太难以置信了，现在的小孩居然如此嚣张。福尔姆，福尔姆！快过来。”

矮个子面包房老板来到了店里。

“看，”面包房老板的太太说，“这个小孩什么都不买。他这样做行吗，福尔姆？”

“不行，”面包房老板说，“所有来我们店里的人一定要买点儿什么。关上门，阿曼达，他不买够十个黑麦面包不能让他出门。”

于是面包房老板的太太便挡在门的正中央。

“怎么样，小毛孩？”她问。

“那我就买十个黑麦面包好了，”托普说，“我可不想一整天都站在店里。”

“好，那就好，”面包房老板的太太说，“顾客可不能只是走进来和我们开玩笑。”

托普拎着十个沉甸甸的黑麦面包推门走出面包店，维果惊讶地闭上了眼睛，好像站在他眼前的是一个魔鬼。

“什么？”他说，“你做了什么？”

“噢，”托普得意地说，“很难解释，我只是告诉他们，我什

么东西都不买。”

“你一定是疯了！”维果说。

“是的，”托普说，“我们快回家喂奥多吧。”

在回家的路上，他们遇到了一个戴着小圆眼镜的老人。

他朝婴儿车里看了一眼——先看了一眼——紧接着又看了一眼。

“怎么回事？”他擦了擦他的眼镜说，“看来我得配副新眼镜了。你知道你们的弟弟像什么吗？”

“像黑麦面包。”两个男孩异口同声地说。

“是的，”这位老人说，“透过这个眼镜看到的他，活像一车黑麦面包。”

这位老人匆匆离开，走进了眼镜店里。

那天，路过海港边这栋红房子的人都会看到一幅奇怪的景象。

首先看到的是两个男孩用婴儿车推着满满一车黑麦面包。

其次，就能看到一堆干草骑在两个轮子上走。

接着，干草堆停在了婴儿车的旁边，一个含着小烟斗的男人从草堆里钻出来，开始拍打身上的草屑。

随后，就能看到这个含着烟斗的男人开始把干草扔进三楼的窗户。

而且，有一个人看到了这里发生的一切，他就是警察局局长。

警察局局长是所有警察中最睿智的人，也是抓到过最多小偷的人。

当他看到霍姆先生把干草扔向窗户里的奥多时，他先站在原地，眯起眼睛观察了一会儿。

接着，他便迈着坚定有力的步伐——这是他走路的习惯——朝霍姆先生走去，然后拍了拍他的肩膀。

“您好，您好。”霍姆先生说着继续朝三楼的窗户扔干草。

警察局局长清了清嗓子。

“我的朋友，”他说，“第 812 号法律规定禁止将干草扔进居民的窗户。”

霍姆先生停了下来。

“可是，”他说，“楼上的动物太饿了，它会啃完所有家具的。”

“您说的是什么动物？”警察局局长问。

“这是个秘密。”霍姆先生的脸红了。

“禁止向警察保守秘密，”警察局局长说，“是一匹马吗？”

“是一只犀牛。”霍姆先生说。

警察局局长从口袋里掏出一本厚厚的书。

书皮上写着《万事法规》。

“犀牛，犀牛，”他一边念念有词，一边快速地翻找那本厚厚的书，“书里完全没有关于犀牛的任何法规。”

“好的，”霍姆先生松了一口气说，“那我就可以继续喂它了。”

“等等，”警察局局长说，“如果您把它养在三楼，就必须为它支付体重税。这个动物有多重呢？”

“不清楚。”霍姆先生说。

“好，那得去称一下，”警察局局长说，“您有体重秤吗？”

霍姆先生点了点头。

“好，”警察局局长说，“我们这就上楼去称重。一切行为都要遵守规章制度，我的朋友。”

“没错，应该要这样做。”霍姆先生说。

霍姆先生翻出一个体重秤，他和警察局局长一起上楼去找孩子们。

奥多在正站在地板上大口大口地咀嚼干草。它欢快地摇着尾巴，时不时地发出愉悦的吼叫声。

“它可真大，”警察局局长说，“我们怎么才能把它放到体重秤上呢？”

“我们用黑麦面包诱惑它吧。”托普说。

奥多还是没有站到秤上。

但最终，大家成功让它抬起了一条粗壮的大腿。

“再放下来。”警察局局长说。

奥多踩到了体重秤上。

一瞬间，秤被压成了煎饼的形状，它已经无法称重了。

“我们现在该怎么办呢？”警察局局长问，“必须要给它称重

才行，这是规定。”

“吼——吼——”奥多发出了轰隆隆的吼叫声。

然后，它咬走了警察局局长的帽子。

“依照法律，”警察局局长的脸气得发紫，“依照法律，禁止吃警察的衣服。”

“吼——”奥多长叫一声，一口吞下了帽子。

“我不开心，”警察局局长怒吼道，“我要我的帽子，不然没人能看出我是警察局局长了。”

“它已经没了，”托普说，“我可以借你一顶帽子。”

他从柜子的最深处找出了一顶绿色的旧帽子。

但愤怒的警察局局长却把它扔到了干草堆里，继而咆哮道：“明早八点前把这只顽皮的动物弄走，不然就让它坐监狱！”

他气得直跺脚，正要转身离开房间时，响起了一阵噼里啪啦的声音。

这响亮的声音是从地板传来的。

你还记得吗？

这是一座古老的房子，因此地板也非常陈旧。

也许地板可以承受奥多的重量。

也许它可以承受奥多、孩子们和霍姆先生的重量。

但再加上一个用力跺脚的愤怒的警察，对上了年岁的地板来说就太沉了。

伴随着猛烈的嘎吱嘎吱的破裂声，一小块地板陷了下去。

一声巨响，奥多、两个男孩、霍姆先生和愤怒的警察局局长都掉到了弗洛拉太太的客厅里。

“咦，”弗洛拉太太端着一大壶冒着热气的咖啡从厨房走了出来，“我都没听到你们进门的声音。看来你们带着犀牛一起来啦，真好玩儿。”

她冲几乎要被干草掩埋的警察局局长笑了笑。

“您知道吗，警察先生，”她说，“我的耳朵不太好使。”

“我不是警察，”警察局局长咆哮着从干草堆里钻了出来，“我是警察局局长。”

“天呐，”弗洛拉放下手里的咖啡说，“您是烘焙大师吗？一个烘焙大师穿着这样的衣服未免也太奇怪了。不管怎样，我们一起喝咖啡吧。”

警察局局长重重地坐在了椅子上。

“我的确需要一杯咖啡，”他有气无力地说，“有时当警察局局长是一件很艰难的事。”

于是，这一群人围坐在弗洛拉太太温馨的客厅里喝着咖啡，品尝曲奇。

夕阳透过窗户，照进温暖柔软的黄色光线，阳台上，笼子里的鸟儿愉快地唱着歌。

“噢，”弗洛拉太太会心一笑，她说，“和这么多可爱的人还有动物在一起可真好呀。我家很少会有这么多客人。”

“这些曲奇真好吃。”托普嘟囔道。

他坐在奥多的背上，鼓起腮帮子，大口大口地咀嚼饼干。

透过敞开的阳台门，他可以看到港口和白色的渔船，过了一会儿，他看到一个黄色的东西飞驰而过。

“嗨，赛丽，”他一边喊，一边飞奔到阳台上，“上来看我们的犀牛吧！”

“怎么，弗洛拉太太家也有犀牛吗？”赛丽笑着问。

“是的，”托普说，“我们从地板上掉下来了。”

“托普呀托普！”赛丽说。

在她继续前行之前，她向托普比了一个飞吻的手势。

“啊，”托普兴奋地拽着奥多的脖子喊，“赛丽是我的女朋友！”

“哕——”维果说，“女朋友什么的最没劲了。”

托普的妈妈回家后，看到地板上出现了一个大窟窿，她探出身子朝洞里俯视，看到一群奇怪的人聚集在楼下的客厅里。

“大家好，”她说，“你们看起来很惬意，我也下来喝杯咖啡。”

“咦，”弗洛拉太太说，“我们难道不惬意吗？”

警察局局长点了点头。

“非常惬意，”他说着又喝了一大口咖啡，“我从来都没想过警察局局长也可以这么惬意。”

第九章

在蓝猫鱼咖啡馆里，维果的爸爸石孜先生已经睡成了一块石头。

刚才的两通电话对他造成了沉重的打击。石孜先生从未体验过在电话里被人取笑，也从没有过不被人相信的经历。

这样的事让他连连遭遇重击。

但他没能安稳地睡太久。

他的妻子拿着几块碎片摇醒了他。

“太奇怪了，”她指了指天花板说，“灯掉下来了，楼上的老太太又跺脚又吵闹，到底发生了什么！”

石孜先生从床上跳了起来。

“你说灯掉了？”他大声喊，“糟了，天一黑我们就什么也看

不见了。”

“是呀，”他的妻子说，“怎么办呢？”

石孜先生穿起裤子，急匆匆地跑上楼，敲响了弗洛拉太太的屋门。他在门外听到了许多人说话的声音，而且他听到有人喊“太棒了”。

“他们果然在里面聚会，”石孜先生生气地嘟囔道，“却让别人家的灯掉下来。现在就让他们瞧瞧，‘狮子’也可以怒吼。”

他气急败坏地敲门，活像一只炸毛的火鸡。

是警察局局长开的门。

当石孜先生看到小城最厉害的警察局局长站在他面前时，他立马像泄了气的皮球一样。

“呃，”他弯下腰毕恭毕敬地说，“请问那位老太太在家吗？”

“她在这里，”警察局局长说，“我们正在为奥多开派对。”

“这样呀，”石孜先生不解地说，“可为什么我咖啡馆里的灯掉下来了呢？”

“哦，”警察局局长说，“这也是时有发生的事。不过这位太太煮的咖啡简直太美味了，甚至让人的心情也愉悦了起来。”

“各位可以轻点儿跺脚吗？”维果的爸爸问，“我不希望我们的灯都掉下来。”

“可惜不行，”警察局局长说，“我们有一只巨大的动物，没有办法把它从门里弄出去。”

“一只动物……”维果的爸爸脸变得苍白，“该不会是一只犀牛吧。”

“是的，猜对了，”警察局局长说，“一只友好的大犀牛，它吃掉了我的帽子。”

“我能看看它吗？”石孜先生问。

“当然可以，”警察局局长说，“您请进，小心，不要被干草绊倒。”

维果的爸爸小心翼翼地走进弗洛拉太太的客厅。

“吼——吼——”黄色的犀牛靠近闻了闻他。

“呃，它不咬人吧？”维果的爸爸紧张地问。

“不会的，”警察局局长兴高采烈地说，“它很温和。”

维果的父亲眯起眼睛看着地板。

“您觉得地板能撑得住吗？”他问。

“不能。”警察局局长说。

“那我应该怎么做呢？”石孜先生无奈地继续说道，“这只犀牛很有可能掉到我的咖啡馆里，我可从来没有经历过这样的事。”

“没事，”警察局局长说，“总要经历一次的，打起精神来。”

他说着拍了拍石孜先生的肩膀。

“哦，”维果的爸爸说，“警察也拿动物没有办法吗？”

“警察，”警察局局长说，“不，您知道吗，我的朋友，警察的职责是维持秩序，但对犀牛而言是没有秩序可言的，所以这类

事我们可管不了。”

“但是，”石孜先生说，“您是警察局局长呀。”

“这里也需要警察局局长，那里也需要警察局局长，”警察局局长生气地抱怨道，“我厌倦了总是要维持秩序的生活。从今天开始，我只喜欢混乱、犀牛和好咖啡。”

于是他回去坐下，和弗洛拉太太干起杯来。

“天呐，”石孜先生再次跑下楼梯，“他们都疯了。但我得想办法让他们离开，必须得这么做。我打电话给消防队，如果消防员朝客厅喷水，那群人肯定会消失。”

他气得浑身发抖，接着拨通了消防队的电话。

“哈喽。”电话那头的一名消防员说。

“着火了！”石孜先生喊道，他不愿意再提起黄色犀牛的事，“蓝猫鱼咖啡馆楼上的公寓着火了。您可以多备些水过来救火吗？从阳台的门喷水进去就好。”

“当然愿意，”消防员说，“我们消防员最喜欢喷水了。”

过了一会儿，城市街道上便回荡起消防车的喇叭声，人们纷纷跟在车后看到底是哪里着了大火。

石孜先生站在蓝猫鱼咖啡馆门后，激动地搓着手。

两辆载满消防员的大消防车轰鸣着驶进红房子前的广场，石孜先生朝弗洛拉太太的客厅指了指。

“就在楼上，”他说，“快朝里面喷水。”

消防员看了一眼楼上，鲜花正吐露着芬芳，鸟儿在笼子里歌唱。

“可是，”消防员说，“我完全没有看到黑烟。”

“不是，”石孜先生开始惊慌失措，“火很大，朝里面喷水就好了。”

但消防员们一动不动。

“我看不到黑烟也看不到火苗，”一位消防员说，“但我闻到了咖啡的香气。大伙儿上去看看。”

于是消防员们迅速展开梯子，爬到弗洛拉太太的阳台上，朝里看向客厅。

“哈喽，”他们说，“咖啡的香味是从这里散发出来的吗？”

“咦，”弗洛拉太太开心地手舞足蹈，“又有客人来了。你们来真是太好了，我再去做一壶咖啡。”

她说着便冲进厨房。这时，消防员们也都来到了客厅。

可是地板。

弗洛拉太太家的地板并不能同时承受一只犀牛和二十多位客人的重量。

当最后一位消防员走进客厅时，又一次响起了尖锐的破裂声，弗洛拉太太的客厅掉到蓝猫鱼咖啡馆了！

“噢，我真是个不幸的人！”石孜先生哀嚎着攥下一大把头发，“让我去月球吧。”

“还是那个奇怪的人，”一位消防员说，“他现在又想去月球，是疯了吗？”

“不，”托普说着拍了拍奥多，“他非常非常博学，什么事都知道。”

“嘿，也对，”另一位消防员说，“我们也注意到了。哦，那位可爱的老太太和咖啡来了。”

他跳起来接住从天花板的窟窿里掉下来的弗洛拉太太。

“咦，”她惊讶地说，“你们原来已经下楼了，我一点儿动静都没听见。”

紧接着，她慈祥地看向接住她的消防员。

“您知道吗？”她说，“我耳背得厉害。”

消防员点了点头。

“是的，”他边说边轻轻地拍了拍她的脸颊，“但您知道怎么煮好喝的咖啡。”

“不，”弗洛拉太太说，“我可没有花园。但我有一个开满鲜花的阳台。等您喝完咖啡就带您去看看。”

第十章

跟在消防车后面来看大火的大人和小孩发现这里压根没有火灾时，都失望极了。

“呃，”其中一个人气得直跺脚，大喊道，“压根没有起火呀！”

“的确没有，”另一个人喊道，“没有起火的火灾，这是我经历过的最可恶的事了。”

“是呀，”第三个人喊，“我们被捉弄了，我们要去投诉。”

于是，感觉受到冒犯的人们怒气冲冲地去城中投诉。

但还有一些比较理智的人，他们闻到了咖啡的香味，于是便挤进了蓝猫鱼咖啡馆。

在这里，他们看到了黄色的犀牛和那些心情愉悦的消防员。

“咦，”他们开心地鼓掌说，“这可比火灾精彩多了。”

而维果的爸爸——石孜先生——刚才快要在愤怒中薅完原本就很稀疏的头发，这时却喜笑颜开。因为涌进咖啡馆的人们并不只是来看这头黄色的犀牛，他们还点了苏打水、咖啡、烧酒和热菜。

最后，蓝猫鱼咖啡馆里挤满了客人，大家不得不坐在彼此的身上。

坐在最上面的是小孩子们，他们喝苏打水，吃着红香肠，时不时地把番茄酱掉到妈妈们的头发里。

坐在最底下的是奥多，它感到无比的温暖和高兴，不断地发出愉悦的吼叫声。

“噢，”老弗洛拉太太一边感叹一边钻到桌子底下试图清净一会儿，“我从来都没有见过这么多的客人，真是一场热闹的聚会呀。”

“啦啦啦！”一个小男孩扯着她的助听器大喊大叫，他还以为这是一个小号呢。

这的确是一场欢快的聚会。直到午夜，月光洒到小城大街小巷的屋顶上时，人们才开始散场。

月亮俯视着这座小城，尤其专心地注视着海港边这栋红色的房子。

它看见客人们相互道别，背着熟睡的孩子们，朝各自的家走去。

它看见消防员们跳上消防车飞速驶去；它看见石孜先生站在门前和大家挥手告别；透过窗户，它看见弗洛拉太太站在咖啡馆的中央，手里拿着咖啡壶，看着天花板上的大窟窿发呆。

“你们说，”弗洛拉太太问，“我现在住在哪里好呢？我总不能住在地上破了大洞的公寓里吧。”

霍姆先生——管理这栋房子的人——清了清嗓子，脸颊上泛起了红晕。

“嗯，”他捋了捋胡子说，“您可以搬上楼住在我家，可爱的太太。”

“您说什么？”弗洛拉太太问，“您还想喝咖啡？”

霍姆先生摇了摇头，他找到一张纸和一支铅笔，写下大大的几个字：

搬到我家住，最可爱的弗洛拉太太。

弗洛拉太太看了看纸上的字。

接着她冲霍姆先生甜甜地一笑。

“好主意，”她说，“您知道吗，霍姆先生，我会带上我的咖啡壶。我们俩都离不开咖啡。”

霍姆先生的脸更红了。

“是的，”他说，“是的，您说得对。”

过了一会儿，月亮看见奥多——世界上最神奇的长着三只角的黄色犀牛——躺在干草上。它还看见不愿意继续当警察局局长的警察局局长倚靠着这只庞然大物，打着哈欠睡着了。

月亮看见石孜先生在清点这一天赚到的钱，又看见他锁上门，熄灭了咖啡馆的灯。

不一会儿，它就听见这栋红房子里传出了此起彼伏的呼噜声。

最洪亮、最轰隆作响的呼噜声来自奥多。

最高亢、最细碎的来自维果。

最特别、最像在吹泡泡的来自霍姆先生。

因为霍姆先生的呼噜声是通过烟斗发出来的。

但是突然之间，月亮吓得躲回了天上。因为它看见一个可怕的人影正在接近红房子。

这个可怕的人背着一个大麻袋，蹑手蹑脚地慢慢接近。

当他来到红房子时，他先谨慎地环顾了一下四周。

紧接着，他溜进蓝猫鱼咖啡馆旁边的楼门，在黑暗中窥探的同时，穿着袜子踩上了吱呀作响的楼梯。

“咖啡，”他咕哝道，“有人喝了咖啡。”

他停在了一个公寓门前。门里，托普和他的妈妈早已进入梦乡。托普梦到了犀牛、铅笔还有骑着黄色自行车的小女孩。他站在门口仔细听着，在听到他们持续不断的呼噜声后，他那隐藏在大胡子底下的嘴角有了笑意。

“哦，”他自言自语道，“他们睡得像石头一样死。真是太好了。”

于是他打开屋门，溜进客厅，把麻袋放在了门口。

随后，他踮起脚尖在地板上走来走去。

然而，在黑暗之中，这个可怕的人无法注意到地板上有一个大窟窿。

咚的一声，他从洞里掉了下去，穿过弗洛拉太太的客厅，不偏不倚地掉到了沉睡的警察局局长的肚子上。

“哎哟，”警察局局长睁开眼睛，“您应该感到庆幸，我已经不再是警察局局长了，否则，我一定会把您送进监狱。砸到别人的肚子是违法的。”

他打开灯，红房子里的其他居民也纷纷打开了灯，因为大家都不习惯有人在半夜发出“哎哟”的叫喊。

只有奥多还沉浸在睡梦中，不时地发出轰隆隆的呼噜声。

这个人看了看犀牛，又看了看咖啡馆天花板上的大窟窿，情不自禁地大笑起来。他笑得太用力，眼泪顺着他晒得黝黑的脸颊滚落，消失在了他红色的大胡子里。

“托普！”他咆哮道，“你到底做了什么，你这个捣蛋鬼？”

“对不起，”警察局局长说，“您认识那个男孩吗？”

“我认识他吗？”这个长着红色大胡子的男子拍了拍警察局局长的肩膀说，“他是我的儿子。”

“爸爸！”托普大喊，接着便从地上的大窟窿里跳了下来，“你带了一只鹦鹉回来吗？”

“两只，”他的爸爸说着抱起托普转了个圈，托普的脸都变紫了，“我们交换怎么样？”

“怎么换？”托普上气不接下气地说。

“用这只犀牛。”他的爸爸说。

“听着，”警察局局长说，“您该不会想把犀牛从孩子身边抢走吧？我该怎么办呢？我太喜欢这只动物了。”

“吼——”奥多发出一声长啸，接着轻轻咬住了警察局局长的胳膊。

“听我说，”托普的爸爸说，“我认识一位首领，他统领着孟加拉海的菲蒂胡里群岛。他非常想要这样一只温顺的黄色犀牛。‘一只黄色的犀牛，’当我们某次坐在一起喝棕榈酒时那位首领对我说，‘我最大的愿望就是拥有一只黄色的犀牛。如果你能帮我实现这个愿望，我就把我最美丽的三位妻子送给你。’他就是这样说的。结果我一回家就看到了这样的犀牛。想想，三位妻子换一只犀牛，不是很好的买卖吗？”

“可是，”托普说，“你已经有妻子了呀。”

“我的确有，”他的爸爸说着，接住了从楼上跳下来的托普的妈妈，他把她抱在怀里继续说道，“我有一位漂亮的妻子——但是菲蒂胡里群岛的首领没有犀牛，他应该拥有一只才对。”

“那我呢？”警察局局长悲伤地说，“这样的话，我又得去当警察局局长了。”

“你可以跟着奥多一起去菲蒂胡里群岛呀，”托普的爸爸说，“你还可以得到三位美丽的妻子。”

“噢，”警察局局长错愕地说，“还是有一位妻子比较好。”

“这件事你可以和首领商讨，”托普的爸爸说，“可是托普，这只黄色的动物是从哪来的？”

托普把他的爸爸拉到一旁。

“你能保守这个秘密吗？”他小声说。

“当然，”爸爸小声答应，“当然了，我的儿子。”

“是我画的。”托普说着从口袋里掏出剩下的一小截铅笔给他的爸爸看。

“是你画的吗？”他的爸爸问。

“是的，”托普说，“用这支铅笔画下的一切都会变成活的。”

“太棒了，”他的爸爸说，“那就无所谓了。我带走这只犀牛，你再画一只新的。”

“不，”托普贴着爸爸的耳朵说，“下次我想要一头大象。”

他的爸爸哈哈大笑起来。

“等家里铺了新的地板再画吧。”爸爸说。

最后一章

第二天早晨，奥多就登上了轮船，它将和警察局局长还有托普的爸爸一起前往遥远的菲蒂胡里群岛。

码头上挤满了来看犀牛的孩子们，但当他们看到托普的爸爸和他红色的大胡子时，便异口同声地大喊："我们能看看你的牙齿吗？"

托普的爸爸大笑着从嘴巴里取出假牙，所有的孩子都激动地鼓起掌来。

"要是我的爸爸也有这样的牙就好了。"一个小男孩说。

"他会有的，"托普的爸爸说，"这是一件自然而然就会发生的事。"

"天呐，"那个小男孩说，"我太期待了。以后在我想要盛装

打扮的时候，就可以和他借假牙用了。”

奥多的肚子上缠绕着粗壮结实的麻绳，一辆大吊车将它抬到空中，随后轻轻地把它放在甲板上。

奥多的心情很好，当它被大吊车抬到空中时，它发出了几声特别的吼叫声。

“它为什么会叫呢？”一个正舔着冰棍的小女孩问。

“因为很痒。”托普说。

石孜先生也过来和奥多道别。他有些焦躁，因为他害怕奥多离开蓝猫鱼咖啡馆之后，他不能像以前一样赚那么多的钱。石孜先生很爱钱。

不过，正当他站在码头上喃喃自语时，他想出了一个好主意。

“我知道了！”他大声喊，“以后我的咖啡馆将改名为‘黄犀牛咖啡馆’。”

于是他便急匆匆地跑回家，制作了一块新的招牌挂在门前。

当奥多和警察局局长还有十七车干草一起登上轮船时，船长大喊：“出发！前往菲蒂胡里群岛！”

托普被爸爸抱起来转了好几圈，体内所有的空气都要被甩出来了。他的妈妈则在嘴唇的正中央得到了九个响亮的亲吻。

汽笛的轰鸣声响起，甲板上的水手们忙碌地跑来跑去，奥多发出了它有生以来最洪亮最悦耳的长啸声。

在红房子的顶楼，弗洛拉太太和霍姆先生正在品尝咖啡，他

们远远地眺望着港口。

“看呀，”弗洛拉太太说，“那艘船上有一只犀牛。太奇怪了，最近几天出现了这么多犀牛。”

“它就是我们昨天见到的那只犀牛，”霍姆先生说，“它要去菲蒂胡里群岛，和警察局局长一起在棕榈树下欢快地吃香蕉了。”

“咖啡，”弗洛拉太太说，“您想喝多少就喝多少，霍姆先生。”

说着她便拉起霍姆先生的手，微笑地望着他。

轮船驶出港口，码头上的孩子们不住地向奥多挥手告别，胳膊都举酸了。

过了一会儿，他们就只能看到遥远的白色轮船上有一个小小的黄点，但轰隆隆的吼叫声却久久地在大海上回荡。

“是奥多的叫声，”维果说着长叹一口气，“我们现在玩点儿什么好呢？”

托普从口袋里拿出铅笔，冲他眨了眨眼睛。

“一头大象，”他小声说，“要红色的。”

就在这时，赛丽骑着她黄色的小自行车飞驰而过。

“嗨，赛丽，”托普喊道，“看，我们的犀牛出海远航了！”

赛丽朝大海望去，接着摇了摇头。

“托普，”她说，“你太疯狂了。海上哪有什么犀牛，只是一艘普通的轮船而已。”

她说着便跳上自行车扬长而去。

托普叹了一口气。

“有女朋友可不是一件轻松的事。”他对维果说。

“唠——”维果又做出一副想要呕吐的样子。

他一直都是这样认为的。

图字：09-2020-784 号

图书在版编目（CIP）数据

犀牛奥多 /（丹）奥勒 · 伦 · 基尔克高著；张同译.
——上海：上海译文出版社，2021.8
（丹麦儿童文学大师基尔克高作品精选）
ISBN 978-7-5327-8827-9

Ⅰ. ①犀… Ⅱ. ①奥… ②张… Ⅲ. ①童话－丹麦－现代 Ⅳ. ① I534.88

中国版本图书馆 CIP 数据核字（2021）第 133894 号

本书由丹麦艺术基金会资助出版

犀牛奥多　Otto er et næsehorn

[丹麦] 奥勒 · 伦 · 基尔克高 著 / 绘　张同 译

选题策划：赵平　张顺　　责任编辑：朱昕蔚　闫雪洁
装帧设计：柴昊洲　　版式设计：申祁颉工作室　　内文排版：张擎天

上海译文出版社有限公司出版、发行
网址：www.yiwen.com.cn
200001　上海福建中路 193 号
苏州市越洋印刷有限公司印刷

开本 890×1240　1/32　印张 3　插页 5　字数 23,000
2021 年 8 月第 1 版　2021 年 8 月第 1 次印刷

ISBN 978-7-5327-8827-9 / I·5455
定价：35.00 元